Der

als

verschrien. Gleichzeitig waren hier die St. Bartholomäus-Kirche und ein sehr schöner, kleiner Park mit Ginkgo- und Lindenbäumen sowie einigen Magnolien gelegen. Tagsüber sah man im Park junge Mütter mit Kinderwagen, Touristen, Kirchenbesucher und Spaziergänger, aber am späten Abend wandelte sich das Bild völlig. Die Drogenkonsumenten wurden immer jünger, zum Teil waren Schulkinder im Teenageralter darunter, was Kommissar Bloch besonders schmerzte.

Am späten Abend des vierten Dezember – er kam wie jeden Dienstag vom Volleyballtraining mit anschließendem Stammtisch und war, des Bieres wegen, zu Fuß unterwegs – sah er im Park zwei junge Mädchen im Gebüsch herumlungern. Sie mochten höchstens sechzehn Jahre alt sein; das war in dem Alter für ihn schwer zu schätzen. Ein ganz ungefährlicher Aufenthaltsort war es für die Teenager sicher nicht. Die gehörten seiner Meinung nach um diese Zeit ins Bett. Erst vor zwei Wochen hatte es nachts im Park eine Messerstecherei unter Dealern gegeben. Harry Bloch sprach die beiden Mädchen an und fragte, was sie so spät im Park trieben. Die eine, die trotz der Kälte nur Leggins und dünne Schuhchen trug, gab sich selbstbewusst. „Wir sind im Auftrag des Pfarrers hier", behauptete sie und zeigte zur St. Bartholomäus-Kirche. „Heute ist doch der Gedenktag der heiligen Barbara und wir sollen Barbarazweige schneiden."

„Hier im Park?"

„Er sagte, gleich vor der Kirche."

„Sie können uns ruhig glauben. Wir haben sogar ein Taschenmesser", sagte die zweite kess und hielt eine Schweizer Klinge in die Höhe.

„Trotzdem ein bisschen spät für so einen Auftrag", beharrte Bloch.

„Wir sollten das auch früher machen", gab sich die erste zerknirscht. „Aber dann haben wir so lange für die Hausaufgaben gebraucht. Es muss aber noch heute sein, weil heute der St. Barbara-Tag ist. Man muss genau an diesem Tag die Zweige abschneiden und ins Wasser stellen, damit sie zu Weihnachten blühen. Wenn man den Termin verpasst, dann gilt es nicht!" Sie hatte sehr überzeugend gesprochen, und die drei Pils hatten dem Kommissar zugegebenermaßen ein wenig den Kopf vernebelt. Er riss sich zusammen und blickte streng. „Also, im Religionsunterricht habt ihr gut aufgepasst. Großes Lob! Oder seid ihr gar bei den Ministranten? Aber im Biologieunterricht habt ihr wahrscheinlich geschlafen. Geht nach Hause, schlaft euch aus und erzählt eure Gute-Nacht-Geschichten jemand anderem."

Welcher Teil der Story hatte ihn nicht überzeugt?

Lösung

Für den Strauß schneidet man am Barbara-Tag Kirschzweige. Der Pfarrer hätte die Mädchen wohl kaum in den Park geschickt, um dort Zweige von den Linden- und Ginkgo-Bäumen zu schneiden.

Dieser Rätselkrimi wurde entnommen aus:
Die kleine Adventsbibliothek, Teil 4

ISBN 978-3-7462-5940-6

Text: Stefanie Heckl

Bilder: Fond: © HorenkO/Shutterstock, U2, S.1, 7: © Romanova Ekaterina/Shutterstock (Schmuckelemente), S.1: © Stasys Eidiejus/Fotolia (Initial), S.8: © Victoria Sergeeva/Shutterstock

Besuchen Sie uns im Internet:

www.st-benno.de

Umschlaggestaltung:
Rungwerth Design, Düsseldorf

Umschlagmotiv:
© DrObjektiff/Shutterstock

Layout und Gesamtherstellung:
Arnold & Domnick, Leipzig (A)

Barbarazweige, ein später
Abend und ein nicht ganz
nüchterner Kommissar.

5

Rund um den Advents-kranz

benno

In der Nacht zum zweiten Advent schrillte plötzlich das Telefon. Gerade hatte Merks die Kerze auf dem ruppigen Adventskranz angebrannt, der im Flur des Präsidiums hing. Am Ende des Ganges standen die Uhrzeiger auf fünf Minuten nach zwölf. Der Kommissar stolperte von der Leiter und lief ins Büro.

„Hier ist Stefan Lenz", hauchte die deprimierte Stimme eines jungen Mannes ins Telefon. „Lenz im Wichtelmannweg vier." Der Kommissar entsann sich, dass es da schon einmal ein ungeklärtes kriminelles Ereignis gab. Vor zwei oder drei Jahren hatte der junge Lenz, der mit der Mutter allein im Häuschen lebte, die alte Dame heftig verprügelt. Nicht nur, dass Frau – wie war doch gleich ihr wunderlicher Vorname? Ach, ja – also dass Frau Miranda Lenz einen Tag im Krankenhaus verbringen musste. Es hatte sogar Anzeichen dafür gegeben, dass die Attacke auf das Leben und eine beträchtliche Erbschaft zielte. Allerdings lehnte die Geschädigte eine Anzeige strikt ab.

„Meine Mama ist verstorben", stotterte Lenz. „A-an Herzversagen. Kommen Sie schnell."

Warum muss ich schnell kommen, wenn sie schon tot ist?, dachte der Kommissar. Aber er wusste, was sich gehört, und sagte kommentarlos zu.

Das geräumige Wohnzimmer erinnerte irgendwie an die aufwendige Dekoration für das Bühnenstück „Dinner for one“. In Socken stand Gustav Merks auf dem teuren Teppich und betrachtete kurz die glitzernden Vitrinen mit der Überfülle von Porzellanfigürchen und künstlichen Blumen, die in Kristallvasen steckten. Aus schimmerndem Kristall bestand auch der gewaltige Kronleuchter über dem Tischoval, dessen Glanz den einer brennenden Kerze auf dem Tisch überstrahlte. Diese klemmte in einem Fichtenkranz darunter und hatte etwa die gleiche Höhe wie die drei noch unangezündeten Lichter mit ihren unberührten Dochten. Im Übrigen lagen rund um den Nadelkranz auf kostbaren Geschirrteilen Reste von Braten, Pastete sowie der grauhaarige Kopf der alten Frau.

Miranda Lenz schien vornübergekippt zu sein. Dass sie nicht aus dem behaglichen Ohrensessel gerutscht war, hatte seinen Grund in ihrer beachtlichen Leibesfülle. Jetzt scheuchte der Sohn hinter ihr irgendeine unsichtbare Spinnwebe aus der Luft und erklärte: „Mama durfte eigentlich nicht so viel essen, aber sie wollte das Viergängemenü unbedingt. Ich mahnte: ‚Mama, pass auf! Dein Herz!' Auf einmal war sie tot. Verzeihen Sie den Ausdruck, Kommissar. Sie hat sich überfressen."

„Sie haben keinen Arzt gerufen?"

Merks schüttelte den Kopf und zog sein Handy. Der Notdienst versprach, in Kürze da zu sein. Aber auch so sagte dem Kommissar die Erfahrung, dass die alte Dame nicht mehr lebte. Er vermutete, dass sich in einer der Speisen Gift finden würde. „Und nun erzählen Sie mir mal, bis der Leichenbeschauer kommt, wie Ihr Abendessen verlief, und vergessen Sie kein Detail."

„Also zwanzig Uhr habe ich den Tisch gedeckt und die Adventskerze angebrannt. Dann ..."

„Lenz!", unterbrach ihn Merks. „Eben haben Sie mir eine faustdicke Lüge aufgetischt." – Welche?

Lösung

In der langen Zeit hätte die angezündete Kerze tiefer niedergebrannt sein müssen.

Dieser Rätselkrimi wurde entnommen aus:
Die kleine Adventsbibliothek, Teil 5

ISBN 978-3-7462-5940-6

Text: Steffen Mohr

Bilder: Fond: © HorenkO/Shutterstock, U2, S.1, 7: © Romanova Ekaterina/Shutterstock (Schmuckelemente), S.1: © Stasys Eidiejus/Fotolia (Initial), S.8: © Victoria Sergeeva/Shutterstock

Besuchen Sie uns im Internet:

www.st-benno.de

Umschlaggestaltung:
Rungwerth Design, Düsseldorf

Umschlagmotiv:
© Paprika_only/Shutterstock

Layout und Gesamtherstellung:
Arnold & Domnick, Leipzig (A)

Ein Adventskranz,
eine Leiche und
ein Viergängemenü.

6

Die Nikolausbande

benno

„Tatsächlich, lauter Nikoläuse.“ Kommissar Jaschke starrte auf die Aufnahmen der Überwachungskamera.

„Falsch, Kollege“, sagte Harry Bloch und trank einen Schluck schwarzen Kaffee aus dem Automaten, widerliches, bitteres Zeug. „Das sind keine Nikoläuse, sondern stinknormale Weihnachtsmänner. Nikolaus würde als Bischof keine rote Zipfelmütze tragen, sondern einen Bischofshut, und außerdem –"

Kommissar Jaschke konnte sich einen dummen Kommentar nicht verkneifen: „Ich sehe jedenfalls die Fahndungsfotos schon vor mir, sehr stimmungsvoll und passend zur Jahreszeit. Da werden bestimmt jede Menge Verdächtige gemeldet."

Was war passiert? In der Nacht vom fünften auf den sechsten Dezember hatten vier kostümierte Gestalten den Tresorraum der Commerzbank ausgeräumt. Sie trugen nicht nur

Weihnachtsmannkostüme, sondern auch passende Masken mit weißen Rauschebärten, sodass ihre Gesichter komplett verborgen waren. Sie hatten einen Tunnel vom benachbarten Gebäude eines Sportvereins gegraben, der bis in den Tresorraum der Bank führte. Die Aufnahmen der Überwachungskameras belegten eindrucksvoll die Arbeitsteilung der „Nikolausbande“, wie Kommissar Jaschke sie trotz des Einwandes seines Kollegen nannte. Zwei der Verkleideten knackten die Schließfächer, einer räumte den Inhalt in eine Sporttasche und der vierte war wohl für die Öffentlichkeitsarbeit zuständig. Er hatte die Überwachungskamera entdeckt, machte Faxen und winkte. „Idiot“, brummte Kommissar Jaschke, als der Vermummte den Mittelfinger in die Kamera hielt.

„Siehst du, wenn das echte Nikoläuse wären, dann würden sie die Beute unter den Armen aufteilen“, bemerkte Bloch. „Würde mich wundern, wenn sie das vorhätten.“

„Der Verein hat jedenfalls über 700 Mitglieder“, bemerkte Kommissar Jaschke. „Ganz genau konnte es mir der Chef vorhin auf die Schnelle nicht sagen. Er schickt uns aber eine detaillierte Mitgliederliste zu. Im Keller haben sie eine Kegelbahn und eine Sauna; da hat jedes Vereinsmitglied Zutritt. Der Gang wurde von einem Abstellraum aus gegraben, wo Reinigungsmittel und solches Zeug stehen."

Kommissar Bloch sagte nichts, er sah weiter konzentriert die Aufnahmen an. Der Vermummte im Vordergrund machte obszöne Gesten in die Kamera. Im Hintergrund öffneten nach wie vor zwei der Ganoven die Schließfächer. Einer war relativ hager, der andere breit wie ein Schrank. Den Hageren schien der falsche Bart zu stören und er hatte das Ende kurzerhand oben in seine Jacke gesteckt. Der vierte im Bunde hatte inzwischen eine Sporttasche gefüllt und war dabei, die zweite zu füllen. Er stellte sie kurz ab, um sich die Nase zu putzen und den Schweiß von der Stirn zu wischen, dann machte er weiter. Zwanzig Minuten hatte die Nikolausbande gebraucht, um den Tresorraum auszuräumen. Kommissar Bloch sah den Film gerade zum zwei-

ten Mal, und Jaschke wurde ungeduldig.
„Was ist jetzt?“, fragte er. „Wie lange willst du dir den Pausenclown noch ansehen?“ Der Ganove im Vordergrund brachte ihn allmählich auf die Palme.
„Deine Idee mit dem Fahndungsfoto ist vielleicht gar nicht so dumm“, sagte Bloch langsam. „Der Pausenclown gibt sich zwar alle Mühe, uns von seinen Kollegen abzulenken, aber bei zumindest einem sollten wir mal schauen, ob wir sein Gesicht gut vergrößern können.“
Wen meint er?

Lösung

Der Dieb, der die Beute in den Sporttaschen verstaut, trägt keine Maske, denn sonst könnte er sich nicht einfach so die Nase putzen und den Schweiß von der Stirn wischen.

Dieser Rätselkrimi wurde entnommen aus:
Die kleine Adventsbibliothek, Teil 6

ISBN 978-3-7462-5940-6

Text: Stefanie Heckl

Bilder: Fond: © HorenkO/Shutterstock, U2, S.1, 7: © Romanova Ekaterina/Shutterstock (Schmuckelemente), S.1: © Stasys Eidiejus/Fotolia (Initial), S.8: © Victoria Sergeeva/Shutterstock

Besuchen Sie uns im Internet:

www.st-benno.de

Umschlaggestaltung:
Rungwerth Design, Düsseldorf

Umschlagmotiv:
© Daniela Pelazza/Shutterstock

Layout und Gesamtherstellung:
Arnold & Domnick, Leipzig (A)

Vier Nikoläuse, der Tresorraum
einer Bank und ein Fahndungsfoto.

7

Verräterische Notizen

benno

Am 7. Dezember rief Harry Bloch einen guten Freund und Kollegen in Köln an, um ihm zum Namenstag zu gratulieren. Gerald Gunkel freute sich über den Anruf und sie tauschten kurz Neuigkeiten aus.

„Vielleicht kannst du mir sogar helfen", meinte Kommissar Gunkel dann. „Ich bin hier grad im Kölner Dom –"

„Gerald, du wirst auf deine alten Tage immer frömmer", frotzelte Bloch.

„Frommer heißt das. Und ich bin grad im Dienst, Zeugenvernehmung. Es wurde in der Domschatzkammer eingebrochen. Ganz frisch, wir sind grad die Ersten am Tatort."

„Ein Diebstahl?", fragte Bloch.

„Das kannst du laut sagen, Harry! Liturgisches Gerät wurde gestohlen, natürlich alles Gold, ein wertvolles Vortragekreuz und eine noch wertvollere Reliquie."

„Doch nicht etwa die Heiligen Drei Könige?"

„Nein, um Himmels willen, wo denkst du hin! Die sind Gott sei Dank noch da. Aber eine Blutreliquie von Johannes dem Täufer. Die Kollegen von der Spusi rennen grad durch."

„Und wer sind deine Zeugen?"

„Der Küster, ein älterer Herr. Er hat noch eine Gestalt wegrennen sehen und die Polizei verständigt. Aber so, wie das hier aussieht, müssen es mehrere Täter gewesen sein. Moment, jetzt hat die Spurensicherung einen Hinweis gefunden –“

Harry Bloch hörte gedämpft weitere Stimmen im Hintergrund, dann wieder die Stimme des Freundes: „Ein kleiner Zettel. Den könnte einer der Täter verloren haben.“

„Steht was drauf?“

„Ja, aber völlig unverständlich. Irgendwelche Buchstaben-Zahlen-Kombinationen. Das ergibt alles keinen Sinn. Vielleicht ein Code? Eine Nachricht für die Komplizen?"

„Lies mal vor!"

„Also, pass auf: BWV 599, BuxWV 136, BWV 606, BuxWV 147, 163 ..."

Harry Bloch musste lachen und Kommissar Gunkel hörte irritiert auf zu lesen.

„Ich weiß jetzt nicht, was daran so komisch sein soll."

„Mensch, Gerald, du musst wirklich öfter mal in die Kirche gehen, besonders im Advent. Hör dir doch mal ein schönes Orgelkonzert an –“

„Sag mal, spinnst du jetzt?“

„Keineswegs! Und jetzt lauf und befrage den Organisten. Der scheint mit der ganzen Sache zu tun zu haben.“

Wie kommt Kommissar Bloch darauf?

Lösung

Die Abkürzungen bezeichnen adventliche Orgelmusik von Johann Sebastian Bach (BWV = Bach-Werkeverzeichnis) und Dietrich Buxtehude (BuxWV=Buxtehude-Werkeverzeichnis).

Dieser Rätselkrimi wurde entnommen aus:
Die kleine Adventsbibliothek, Teil 7

ISBN 978-3-7462-5940-6

Text: Stefanie Heckl

Bilder: Fond: © HorenkO/Shutterstock, U2, S.1, 7: © Romanova Ekaterina/Shutterstock (Schmuckelemente), S.1: © Stasys Eidiejus/Fotolia (Initial), S.8: © Victoria Sergeeva/Shutterstock

Besuchen Sie uns im Internet:

www.st-benno.de

Umschlaggestaltung:
Rungwerth Design, Düsseldorf

Umschlagmotiv:
© DrObjektiff/Shutterstock

Layout und Gesamtherstellung:
Arnold & Domnick, Leipzig (A)

Eine Domschatzkammer,
ein Anruf zum Namenstag
und ein heißer Tipp.

8

Mehr als zwei Kerzen

benno

Kommissar Merks und Kriminaltechniker Arnold liefen die letzten Meter bis zur Villa zu Fuß. Feuerwehrfahrzeuge hatten die Siedlungsstraße zugeparkt. Dazwischen stand ein blauer Mercedes mit der aufgebrushten Werbung „Schneider-Immobilien“, dessen Fahrertür offen schwenkte. Gegenüber hatte jemand einen grünen Fiat 500 abgestellt. „Das muss der Wagen von Fiedler sein, also vom verbrannten Liebhaber", vermutete der Kommissar. „Und Schneider lässt gleich mal die Tür sperrangelweit offen, wenn er in sein Haus springt", äußerte sich Arnold. Sie sprachen mit den Männern, die den Brand gelöscht hatten. Es gab keine Gefahr mehr für die Nachbargrundstücke, aber die Fassade der Villa bot einen grässlich verrußten Anblick. Auf den Stufen vorm Haus hockte der Immobilienhändler.

„Gott sei Dank, die Polizei ist da“, stöhnte er, als sie an ihm vorbei ins Haus gingen. „Sie warten hier“, sagte Merks. Scheinwerfer strahlten das Gebäude gespenstisch an.

Im Wohnzimmer, dessen Eichentür aufgebrochen war, sah man die schreckliche Bescherung. Ein kaum bekleidetes Pärchen hatte versucht, aus dem brennenden Raum zu fliehen. Nun lagen beide unnatürlich verkrümmt in der Nähe der Tür. Jasmin Schneider war nur zweiunddreißig und ihr Lover Martin Fiedler, ebenfalls Immobilienhai, vierundvierzig Jahre alt geworden. Von Löschschaum eingeschwemmt erkannte man auf dem Couchtisch einen Adventskranz mit zwei großen und zwei kurzen Kerzen. „Richtig", meinte Merks, „am Sonntag war ja der zweite Advent." Arnold kratzte sich das spärliche Silberhaar. „Die Ursache war mehr als die zwei Kerzen. Ich prüfe mal, ob ein Brandbeschleuniger benutzt wurde. Horch du inzwischen den Witwer aus."

Im Park, der zum Anwesen gehörte, schloss der in seinem dünnen Ledermantel bibbernde

Schneider das Gartenhäuschen auf. „Leider ist es hier kalt", sagte er. „Soll ich den Leuchter anzünden?" Merks stimmte zu. „Wenn Sie jetzt nicht gegen Kerzen allergisch sind", meinte er. Über die kleinen teuren Möbel breitete sich ein traulicher Schein. Lebend, berichtete Schneider, hätte er seine Frau das letzte Mal 16 Uhr gesehen. Im Mercedes waren sie gemeinsam in die City gefahren. Jasmin wollte shoppen, und er hatte im Büro den Jahresabschluss zu kontrollieren, den ihm sein Buchhalter vorbereitet hatte. Also trennten sie sich am Parkplatz und vereinbarten, sich dort 18 Uhr wiederzusehen. „Als sie nicht kam, war mir klar, dass sie sich mit ihrem Lover vergnügte“, jammerte Schneider. „Da fuhr ich sofort zurück zu unserem ehelichen Heim. Ich hegte bereits einen furchtbaren Verdacht. Der bestätigte sich, als ich Fiedlers froschgrüne Karre vorm Haus erblickte. Danach bemerkte ich den Qualm und rief die Feuerwehr ...“ Arnold winkte Merks kurz hinaus. „In der guten Stube hat jemand gezielt einen Brandbeschleuniger verschüttet“, füsterte er.

Wieder im Gartenhaus fragte der Kommissar: „Wann trafen Sic genau zu Hause ein?" Der Gehörnte zog den Ledermantel fest um sich. „Sagte ich das nicht schon? Genau 18 Uhr 30, also zwei Stunden, nachdem Jasmin mit dem Macker hier eintraf." – „Dann", meinte Merks, „werden Sie Weihnachten im Knast verbringen. Denn Sie legten den Brand und schlossen die Tür, damit die Opfer nicht fliehen konnten."

– Wodurch verriet sich der Täter?

Lösung

Die Zeit der Ankunft seiner Frau in der Villa konnte er nur wissen, weil er der Brandstifter war.

Dieser Rätselkrimi wurde entnommen aus:
Die kleine Adventsbibliothek, Teil 8

ISBN 978-3-7462-5940-6

Text: Steffen Mohr

Bilder: Fond: © HorenkO/Shutterstock, U2, S.1, 7: © Romanova Ekaterina/Shutterstock (Schmuckelemente), S.1: © Stasys Eidiejus/Fotolia (Initial), S.8: © Victoria Sergeeva/Shutterstock

Besuchen Sie uns im Internet:

www.st-benno.de

Umschlaggestaltung:
Rungwerth Design, Düsseldorf

Umschlagmotiv:
© DrObjektiff/Shutterstock

Layout und Gesamtherstellung:
Arnold & Domnick, Leipzig (A)

Ein Brand, zwei Opfer
und eine heikle Aussage.

9

Verfolgungsjagd mit Hindernissen

benno

Er spielte zwar regelmäßig Volleyball, aber ganz so fit, wie er sich gerne einbildete, war er doch nicht mehr. Das musste sich Kommissar Harry Bloch eingestehen, als er keuchend die Hermann-Kant-Straße hinunterrannte. Im Grunde war es sowieso eine Altherrenmanschaft, der der anschließende Stammtisch bei ein paar Bier genauso wichtig war wie das Training selbst. Also wo sollte da die Kondition herkommen, fragte er sich, als er dem Kollaps nahe in die Stieglitzstraße einbog, immer der hochgewachsenen Gestalt mit dem großen Bündel in der Hand hinterher, die er nun schon einen halben Kilometer lang verfolgte. Wann war er das letzte Mal so weit in einem derartigen Affentempo gerannt? Wenn eine Verfolgungsjagd schon nötig war, so zumindest Kommissar Blochs bescheidene Meinung, dann sollte sie doch bitte schön mit dem Auto durchgeführt werden. Aber eine Verkettung von Umständen hatte dazu gefühlt, dass er dem Bankräuber von der Sparkasse am Dietrichplatz bis hierher zu Fuß nachhetzen musste.

Harry Bloch fluchte leise vor sich hin, als er sah, wie der Bankräuber am Ende der Straße über eine Mauer hechtete. Jetzt auch noch eine Klettereinlage! Er war sich nicht sicher, ob er da eine bessere Figur abgeben würde als beim Sprinten. Mit letzter Kraft erreichte er die Mauer – ihm fiel ein, so wie ihm in stressigen Situationen häufig völlig unnützes

Wissen einfiel, dass hinter der Mauer das Zisterzienserkloster lag. Er war einmal zu einer Führung hier gewesen; das war aber schon Jahre her. Der Zisterziensermönch, der damals die Führung gemacht hatte, war ein freundlicher Herr mit einem österreichischen Akzent gewesen, der ihn, wer weiß, wieso, ein wenig an einen Pinguin erinnert hatte.

„Jetzt, wann hab ich zum letzten Mal so einen Hindernislauf mitgemacht?", fragte sich Harry

Bloch, als er sich über die Mauer wuchtete. Auf der anderen Seite war ein Klostergarten. Es war niemand zu sehen bis auf einen Mönch in einer braunen Kutte, die braune Kapuze über dem Kopf, der gemessenen Schrittes den Weg entlangwandelte.

Kommissar Bloch war völlig außer Atem, deswegen hielt er sich nicht mit Höflichkeiten auf, sondern keuchte knapp: „Wo ist er hin?"

„Dort drüben über die Mauer", sagte der Ordensmann und deutete zur anderen Seite des Klostergartens. Noch eine Mauer.

„Scheiße“, entfuhr es Bloch. Er schickte ein „Verzeihung“ hinterher, ehe er weiterrannte. Ob er mit dieser Sporteinlage so viel Energie verbrauchte, dass der ganze Stollen und die Lebkuchen der letzten Tage sich auf der Waage gar nicht bemerkbar machen würden? Plötzlich fiel ihm der leckere Stollen ein, den eine Kollegin gestern für alle ausgegeben hatte. Harry Bloch war an der jenseitigen Klostermauer angekommen und schickte sich eben an, auch diese zu erklimmen, als ihn ein jäher Erkenntnisblitz traf. Wie vom Donner gerührt blieb er vor der Mauer stehen. Dann schlug er sich vor die Stirn. „Ich Idiot!“, brüllte er, drehte um und lief zurück.

Was war ihm aufgefallen?

Lösung

Zisterzienser tragen keine braunen Kutten. Das ist die Ordenskleidung der Franziskaner. Das Gewand der Zisterzienser ist schwarzweiß, weswegen der Kommissar an einen Pinguin denken muss, als er sich an den Mönch von der Führung erinnert. Der Mann im Klostergarten ist kein Mönch, sondern der Bankräuber, der die Tarnung in einem Bündel die ganze Zeit bei sich getragen hatte.

Dieser Rätselkrimi wurde entnommen aus:
Die kleine Adventsbibliothek, Teil 9

ISBN 978-3-7462-5940-6

Text: Stefanie Heckl

Bilder: Fond: © HorenkO/Shutterstock, U2, S.1, 7: © Romanova Ekaterina/Shutterstock (Schmuckelemente), S.1: © Stasys Eidiejus/Fotolia (Initial), S.8: © Victoria Sergeeva/Shutterstock

Besuchen Sie uns im Internet:

www.st-benno.de

Umschlaggestaltung:
Rungwerth Design, Düsseldorf

Umschlagmotiv:
© Paprika_only/Shutterstock

Layout und Gesamtherstellung:
Arnold & Domnick, Leipzig (A)

Ein Bankräuber,
eine Verfolgungsjagd
und ein Klostergarten.

10

Herr Professor geht baden

benno

Der Bauernhof lag in Franken, dort war der Tannenwald idyllisch verschneit. Um endlich richtigen Schnee zu sehen, hatte Kommissar Gustav Merks der Großstadt den Rücken gekehrt und war für zwei Tage ins Bayernland gedüst. Dem Bauern nannte er einen anderen Beruf. Dann kamen die Bilder im Fernsehen, die zeigten, wie Merks das Heroin auf dem Flughafen beschlagnahmte. Nun konnte er sich, wo auch immer er spazieren ging, vor freundlichen Grüß-Gott-Rufen nicht retten. Im Nachbardorf hatte sich Ludwig Eixmann, ein Geologe im Rentenstand, eingemietet, zusammen mit seiner ebenfalls berenteten Gattin Hanka und der frisch geschiedenen Institutsmitarbeiterin Angelique. Mit Letzterer kraxelte der erschreckend mobile Greis von früh bis spät in den Hügeln herum. Die kokette Kollegin war fünfundvierzig, und man sah auf den ersten Blick, dass sie mit ihrem ehemaligen Chef das Quartier nicht bloß verließ, um Steine zu suchen.

Am zweiten Morgen des Kurzurlaubs hämmerte die Professorenfrau an Merks' Tür. Seit gestern sei ihr Gatte verschwunden, und diese Angelique habe noch beim Frühstück gewitzelt, wie herrlich es wäre, wenn man im Bergsee baden würde. „Mein Ludwig wollte mit diesem jungen Biest aufs Eis baden gehen – stellen Sie sich das doch bloß mal vor! Er ist vierundsiebzig und hat es mit dem Darm. Helfen Sie mir suchen, Herr Kommissar.“

Merks und die besorgte Frau hüllten sich in Decken. Sie bestiegen einen Pferdeschlitten, den der taubstumme Sohn des Vermieters lenkte. Die Glöckchen am Kumt klingelten lieblich, die Tannen schwiegen majestätisch.

Merks wäre in einen wunderbaren Tagtraum versunken, hätte da nicht Hanka Eixmann ihm gegenübergesessen. Die plapperte und greinte in einer Lautstärke, die der Waldstille diametral entgegengesetzt war. Frau Professor vermutete das Schlimmste, nämlich ihre plötzlich und unerwartet beginnende Witwenrente.

Vor den letzten Metern zum See blieb der Taubstumme allein beim Schlitten zurück. Nach wenigen Schritten eröffnete sich ihnen eine herrliche Aussicht auf den vereisten See. Die kleinen Berghütten in der Nähe schienen verlassen, obwohl es Merks für einen Moment so vorkam, als hätte er aus einer das Kichern einer Frau gehört. Plötzlich erblickten sie etwas im Schnee, der an dieser Stelle unter der Sonne am Schmelzen war.

„Das ist seine Baskenmütze! Und das seine Bruyèrepfeife!“, rief Hanka Eixmann, stürzte auf die Gegenstände am Ufer zu und schluchzte: „Er ist ertrunken!

Mein Ludwig ist ertrunken!“

Außer Pfeife und Kopfbedeckung des Professors entdeckte der Kommissar einen weiteren Gegenstand, der ihn allerdings Schmunzeln ließ. Zur Hälfte mit einem dicken Schneeball bedeckt, lag da eine dicke rote Möhre. Nun wurde ihm klar, was der verschwundene Geologe mit seiner Assistentin hier getrieben hatte. – Was wohl?

Lösung

Sie bauten einen Schneemann.

Dieser Rätselkrimi wurde entnommen aus:
Die kleine Adventsbibliothek, Teil 10

ISBN 978-3-7462-5940-6

Text: Steffen Mohr

Bilder: Fond: © HorenkO/Shutterstock, U2, S.1, 7: © Romanova Ekaterina/Shutterstock (Schmuckelemente), S.1: © Stasys Eidiejus/Fotolia (Initial), S.8: © Victoria Sergeeva/Shutterstock

Besuchen Sie uns im Internet:

www.st-benno.de

Umschlaggestaltung:
Rungwerth Design, Düsseldorf

Umschlagmotiv:
© Daniela Pelazza/Shutterstock

Layout und Gesamtherstellung:
Arnold & Domnick, Leipzig (A)

Verschneite Berge,
ein Vermisster und eine Mütze
im Schnee.

11

Tod mit Seelsorger

benno

I

Als Kommissar Bloch am Tatort eintraf, waren noch zahlreiche neugierige Nachbarn auf dem Gehweg vor dem Haus versammelt. Aber zumindest im Treppenhaus hatten die Kollegen für Ruhe gesorgt und den Tatort gut abgesperrt. In einer Wohnung im dritten Stock lag ein älterer Herr auf dem Wohnzimmerteppich. Sein Hemd war blutdurchtränkt und aus seiner Brust ragte ein großes Messer. Aus dem Augenwinkel registrierte der Kommissar einen traditionellen Herrgottswinkel mit einem hölzernen Kruzifix, das links und rechts von Marienbildern flankiert wurde. Auf dem Tisch lagen eine Bibel, ein Brillenetui und ein Rosenkranz. Eine Tasse war umgekippt und hatte ihren Inhalt – vermutlich Kräutertee – auf die Tischdecke ergossen.

Außer den beiden Kollegen von der Mordkommission und dem Arzt Dr. Schramm waren eine etwa fünfzigjährige Frau in Pantoffeln und ein Pfarrer anwesend. Der Pfarrer trug ein schwarzes Hemd und darüber eine weiße Halsbinde, die vorn in zwei Rechtecken herunterhing und die, wie der Kommissar wusste, „Beffchen“ genannt wurde.
„Tod durch Erdolchen“, sagte Schramme überflüssigerweise zu Bloch und deutete auf den Mann am Boden.

Kommissar Bloch ließ sich den Vorfall rasch schildern: Die Frau mit den rosa Pantoffeln war die unmittelbare Nachbarin des Ermordeten. Sie hatte, wenn er verreiste, oft auch seine Blumen gegossen und kannte ihn gut. Als sie an diesem Morgen einen schauderhaften Schrei aus der Nachbarwohnung gehört hatte, war sie nach einer Schrecksekunde sofort hinaus in den Hausflur geeilt, fand die Tür des Nachbarn nur angelehnt und stieß drinnen auf den Pfarrer,

der entsetzt an der Türschwelle des Wohnzimmers stand.
Der Pfarrer gab an, dass der Mann eins seiner Schäfchen in der evangelischen Gemeinde sei und dass er zu einem Hausbesuch mit ihm verabredet gewesen sei. Gerade als er an der Tür klingeln wollte und sah, dass sie nur angelehnt war, ertönte von drinnen der Schrei. Sofort sei er in die Wohnung gestürmt, habe aber außer dem Toten niemanden gesehen. Allerdings stehe ja auch das Fenster offen. Wahr-

scheinlich sei der Mörder sehr rasch geflüchtet.
„Worum sollte es denn bei diesem seelsorgerischen Gespräch gehen?“, fragte Bloch mit verkniffenem Gesicht.
„Das ist vertraulich und fällt selbstverständlich unter meine Schweigepflicht“, antwortete der Pfarrer höflich, faltete die Hände und blickte demütig zu Boden.
„Wollte der Mann etwa konvertieren?“, fragte der Kommissar ungerührt weiter.

„Wie bitte?“ Der Geistliche sah ihn aus großen blauen Augen verständnislos an.
„Sie sind verhaftet“, sagte Bloch. „Ich wette, der Mann gehörte weder zu Ihrer Gemeinde noch sind Sie Pfarrer.“
Woraus zog der Kommissar diesen Schluss?

Lösung

Anhand des Herrgottswinkels und des Rosenkranzes ist der Mann als Katholik zu erkennen und gehörte sicher nicht zu einer evangelischen Gemeinde. Außerdem tragen protestantische Pfarrer ein Beffchen nur über dem Talar, also bei Gottesdiensten oder Beerdigungen.

Dieser Rätselkrimi wurde entnommen aus:
Die kleine Adventsbibliothek, Teil 11

ISBN 978-3-7462-5940-6

Text: Stefanie Heckl

Bilder: Fond: © HorenkO/Shutterstock, U2, S.1, 7: © Romanova Ekaterina/Shutterstock (Schmuckelemente), S.1: © Stasys Eidiejus/Fotolia (Initial), S.8: © Victoria Sergeeva/Shutterstock

Besuchen Sie uns im Internet:

www.st-benno.de

Umschlaggestaltung:
Rungwerth Design, Düsseldorf

Umschlagmotiv:
© DrObjektiff/Shutterstock

Layout und Gesamtherstellung:
Arnold & Domnick, Leipzig (A)

Ein Messer, ein Kruzifix
und ein schauderhafter
Schrei.

12

Die Heim-suchung

benno

Die Besucher des Kunstmuseums bemerkten an diesem Sonntag kaum etwas von dem Einbruch. Als sich punkt elf Uhr die Tore des Museums öffneten, waren lediglich zwei Räume im oberen Stock nicht zugänglich. Hier hatten die Diebe insgesamt acht Bilder mitgenommen. Die Einbruchspuren im übrigen Haus hatten die Beamten bereits gesichert. Die nun gesperrten Räume waren der Frührenaissance gewidmet. Kommissar Bloch betrachtete gedankenverloren die halb leeren Wände. Er selbst war kein

Kunstfreund. Vor Museumsbesuchen drückte er sich meist erfolgreich. Vor ihm stand der Museumschef Dr. Heribert Frühauf und rang die Hände.

„Das sind unersetzliche Kunstwerke, Herr Kommissar. Der Verlust ist für unser Museum eine Katastrophe! Vor allem Mariä Heimsuchung, der Höhepunkt unserer Renaissance-Sammlung!“ Wortreich erklärte er dem Kommissar, dass dieses Gemälde eines bekannten italienischen Malers eins der wichtigsten des ganzen Museums sei. Darauf sei die schwangere Maria zu sehen, die gerade ihre ebenfalls schwangere Verwandte Elisabeth besuche, ein beliebtes Motiv in der religiösen Kunst.

„Quasi ein Adventsbild", warf Kommissar Bloch ein. Für Religion hatte er sich immer schon interessiert.

„Richtig, Herr Kommissar. Das Werk ist so bekannt, dass es auf dem Kunstmarkt eigentlich unverkäuflich ist. Es kann sich nur um einen Auftragsdiebstahl handeln."

„Erklären Sie mir doch noch einmal", wandte sich Harry Bloch jetzt an den Wachmann, der wie

ein Häufchen Elend in der Ecke saß, „wie das passiert ist."
Die Diebe waren auf denkbar simple Weise in den frühen Morgenstunden in das Museum gelangt: Mit einer Leiter waren sie zu einem Fenster im ersten Stock hinaufgestiegen, wo kein Sicherheitsglas verwendet worden war, und hatten es eingeschlagen. Den durch den Alarm herbeigerufenen Wachmann hatten sie niedergeschlagen und gefesselt und danach in aller Seelenruhe die Bilder ausgewählt. Der Wachmann, ein beleibter, kurzatmiger Mann um die sechzig,

berichtete, er habe versucht, Widerstand zu leisten, aber die vier Täter seien bewaffnet gewesen und hätten ihn schnell überwältigt. Außer einem blauen Fleck hatte er glücklicherweise keine Verletzungen davongetragen.

„Die trugen alle einheitliche Arbeitskleidung, so ähnlich wie im Straßenbau, und sie hatten einen norddeutschen Akzent. Sie haben mich an Händen und Füßen gefesselt und mir die Augen verbunden. Einen haben sie mit ‚Chef' angeredet und die anderen mit Benni, Hajo und Toni. Der Chef hat die Bilder rausgesucht – er hatte eine richtige Liste dabei – und die anderen drei haben die Bilder abgehängt und in große, helle Tücher gewickelt, wahrscheinlich einfache Bettlaken. Bei einem Bild haben sie noch überlegt, ob es in den Lieferwagen passt. Das war die Heimsuchung; die ist ja mit Rahmen fast zwei mal zwei Meter groß. Einer hat noch auf seinem Handy nach den Staumeldungen für die A14 geschaut. Dann sind sie mit den Bildern wieder zum Fenster rausgeklettert. Das muss so gegen halb fünf gewesen sein. Ich hab irgendwann den Knoten an meinen Handgelenken aufbekommen und konnte Sie verständigen. Aber da waren schon fast zwei Stunden vergangen. Es tut mir so leid, dass ich das nicht verhindern konnte!" Der Wachmann war völlig aufgelöst.

„Machen Sie sich keine Vorwürfe, Herr Meyer", versuchte Dr. Frühauf den geknickten Mann zu trösten, „Sie haben getan, was Sie konnten."

„Da wäre ich mir nicht so sicher", warf Kommissar Bloch ein.

Was kam ihm seltsam vor?

Lösung

Dafür, dass ihm die Augen verbunden waren, hat der Wachmann sehr viel „gesehen". Nur durchs Zuhören hätte er beispielsweise die Farbe der Tücher nicht wissen können. Er steckt mit den Dieben unter einer Decke.

Dieser Rätselkrimi wurde entnommen aus:
Die kleine Adventsbibliothek, Teil 12

ISBN 978-3-7462-5940-6

Text: Stefanie Heckl

Bilder: Fond: © HorenkO/Shutterstock, U2, S.1, 7: © Romanova Ekaterina/Shutterstock (Schmuckelemente), S.1: © Stasys Eidiejus/Fotolia (Initial), S.8: © Victoria Sergeeva/Shutterstock

Besuchen Sie uns im Internet:

www.st-benno.de

Umschlaggestaltung:
Rungwerth Design, Düsseldorf

Umschlagmotiv:
© DrObjektiff/Shutterstock

Layout und Gesamtherstellung:
Arnold & Domnick, Leipzig (A)

Ein Einbruch, weiße Laken
und
Mariä Heimsuchung.

13

Raffinierter Aktenklau

benno

A

„Da haben Sie ja einen Haufen Arbeit heute“, bemerkte der Kommissar, als er das Zimmer der Mitarbeiterin im Jobcenter betrat. Auf dem Tisch stapelten sich an die hundert Briefumschläge, die Frau Lehmbach emsig beschriftete und mit einem

Stempel versah. Die schick frisierte ältere Dame seufzte: „O, das ist wahr. Dabei ist dies schon der zweite Haufen. Den ersten, noch größeren, habe ich eben in die Poststelle hinuntergegeben. Die Terminauflagen müssen vor dem Fest raus, wissen Sie. Da darf einen auch nicht so ein Krimineller aufhalten." – „Wobei wir beim Grund meines Besuchs wären", sagte Merks. „Ihnen wurde also eine wichtige Akte entwendet, aber Sie haben den Dieb durch Ihren hauseigenen Si-

cherheitsmann festnehmen las
sen. Ist das richtig?" – „Nur noch zehn Stempel", antwortete sie. Sie blies erschöpft die Luft aus und erzählte den Vorfall, wie er sich hier im Büro vor einer Stunde abgespielt hatte.

Jonas Pulitzer – so wurde der Name des ihr völlig unbekannten Besuchers später festgestellt – war plötzlich ins Zimmer getreten. Im Anzug, mit Krawatte. In sicher gewählten Worten erklärte er, dass er nun endlich nach soundso vielen Gesuchen die Akte seiner Frau abholen wolle, und zwar sofort, bitte schön! „Ich wusste von dem Vorgang überhaupt nichts“, gestand Frau Lehmbach. Pulitzer legte eine Vollmacht der Frau vor, die auch Gänseliesel oder Schneewittchen geschrieben haben konnte. Doch der allwissende Computer auf Frau Lehmbachs Schreibtisch verriet, dass besagte Cordula Pulitzer seit drei Monaten geschieden war und die Sache somit einen fragwürdigen Anstrich erhielt. Beredt begann er, vom langen Rosenkrieg mit seiner Ex, mit der er sich inzwischen wieder versöhnt habe, zu berichten. Unerwartet bekam er Luftnot. „Ich ging nebenan in die Teeküche und holte ihm ein Glas Wasser. Als er es hinuntergestürzt und sich wieder auf der Reihe hatte, bemerkte ich, dass von meinem Tisch ein dünner Aktenordner verschwunden war. Jetzt erinnerte ich mich, dass mir eine Kollegin heute früh den Ordner zur Ansicht hingelegt hatte. Obwohl ich noch nicht dazu gekommen war reinzuschauen, wurde mir mit einmal klar, dass es sich hier um die von meinem Besucher gewünschte Akte handelte ..."

Merks stoppte den Redefluss. „Woraufhin Sie die Security riefen, die Pulitzer einer leider ergebnislosen Leibesvisitation unterzog, sodass Sie ihn laufen lassen mussten. Ich habe den Sicherheitsmann vorhin befragt, Frau Lehmbach." – „Ja, was soll ich denn nun tun, Herr Kommissar?"

Merks schmunzelte. „Es liegt auf der Hand, dass sich der raffinierte Typ auf Ihrem Schreibtisch zu schaffen machte, als Sie ihm das Wasser holten. Deshalb rate ich Ihnen, schnell noch einmal in die Poststelle zu laufen. Dort dürften Sie das Corpus Delicti finden." – Was tat Pulitzer, um über die Poststelle des Jobcenters an die Akte zu gelangen?

Lösung

Er beschriftete einen der Umschläge mit seiner Privatadresse und steckte die Akte da hinein.

Dieser Rätselkrimi wurde entnommen aus:
Die kleine Adventsbibliothek, Teil 13

ISBN 978-3-7462-5940-6

Text: Steffen Mohr

Bilder: Fond: © HorenkO/Shutterstock, U2, S.1, 7: © Romanova Ekaterina/Shutterstock (Schmuckelemente), S.1: © Stasys Eidiejus/Fotolia (Initial), S.8: © Victoria Sergeeva/Shutterstock

Besuchen Sie uns im Internet:

www.st-benno.de

Umschlaggestaltung:
Rungwerth Design, Düsseldorf

Umschlagmotiv:
© Paprika_only/Shutterstock

Layout und Gesamtherstellung:
Arnold & Domnick, Leipzig (A)

Das Jobcenter, ein unange-
kündigter Besucher
und eine verschwundene Akte.

14

Ein frommer Ganove

benno

An diesem Dienstagmorgen nahm Kommissar Harald Bloch einen Umweg zur Arbeit, um einen der üblichen Staus zu umgehen. Er fuhr durch das Villenviertel nördlich des Zentrums. Hier war es vergleichsweise ruhig um diese Zeit. In den letzten Wochen waren in dieser Gegend immer wieder Autos gestohlen worden, besonders die besseren Fabrikate, und Bloch hielt die Augen offen, so gut ihm das zu dieser frühen Stunde eben gelang. In der Nähe der Marienkirche entdeckte er plötzlich einen alten Bekannten. „Schmidtchen", murmelte er, hielt seinen alten Skoda neben dem bekannten Autodieb und Hehler und kurbelte das Fenster herunter.

„Guten Morgen, Herr Schmidt!", rief er jovial. „Sie sind ja früh auf den Beinen."

„Aber völlig legal!“, rief der Angesprochene. „Meine Bewährungsauflagen habe ich alle erfüllt. Sie können mir gar nichts!“

„Schon gut, Herr Schmidt. Was machen Sie denn hier zu so früher Stunde?“

„Na, ich war in der ... bei der ...“

Porsche-Schmidtchen, wie er wegen seiner Vorliebe für schöne Autos auch genannt wurde, ruderte mit den Armen und zeigte zur Kirche, durch deren Fenster ein schwacher Lichtschein nach außen drang.

„Sie waren bei der Rorate Messe?“ Bloch staunte. „Ich wusste gar nicht, dass Sie religiös sind.“
„Na, Advent, Sie wissen schon“, sagte Schmidtchen mit knarziger Stimme. „Man wird ein bisschen sentimental, denkt über sein Leben nach, bereut das ein oder andere.“
„... und beichtet?“, fragte der Kommissar.
„Das würde Sie interessieren, was? Aber am Beichtgeheimnis kommen Sie nicht vorbei!“
„Ich weiß“, entgegnete Bloch.

Dass sich Porsche-Schmidtchen so redselig gab, war ihm nicht geheuer, und er fragte nach: „Was wurde denn gesungen in der Rorate-Messe?“

„Ach, darauf hab ich nicht geachtet. Ich war zu sehr ins Gebet versunken. Aber zum Glück wurde heute mehr Orgel gespielt. Ich bin sowieso nicht gut bei Stimme“, krächzte Schmidtchen. Tatsächlich klang er, als habe er seine Stimmbänder jahrelang mit schweren Zigarren und Whiskey malträtiert.

„Und dann machen die Augen auch nicht mehr so gut mit bei schwachem Licht, wenn man in die Jahre kommt, und man kann die Texte nicht mehr gut lesen?“
„Wieso ‚in die Jahre kommt‘?“, brauste Schmidtchen auf. „Ich sehe noch sehr gut. Selbst bei den schwachen Funzeln in der Kirche. Ein paar Glühbirnen könnten die durchaus mal austauschen, aber egal. Eine Brille brauche ich noch lange nicht!“
„Ach, die Lampen sind schlecht in der Kirche?“

„Na, das sehen Sie doch selbst!", rief Schmidtchen ungeduldig und deutete auf den schwachen Lichtschein, der durch die Kirchenfenster drang.
„Stimmt, man sieht es sogar von außen", entgegnete Kommissar Bloch bedächtig. „Aber ich wette, Sie waren gar nicht drin."
Wieso war er da so sicher?

Lösung

Bei Rorate-Messen wird die Kirche nur von Kerzen erleuchtet, d. h. die Glühbirnen waren gar nicht an.

Dieser Rätselkrimi wurde entnommen aus:
Die kleine Adventsbibliothek, Teil 14

ISBN 978-3-7462-5940-6

Text: Stefanie Heckl

Bilder: Fond: © HorenkO/Shutterstock, U2, S.1, 7: © Romanova Ekaterina/Shutterstock (Schmuckelemente), S.1: © Stasys Eidiejus/Fotolia (Initial), S.8: © Victoria Sergeeva/Shutterstock

Besuchen Sie uns im Internet:

www.st-benno.de

Umschlaggestaltung:
Rungwerth Design, Düsseldorf

Umschlagmotiv:
© Daniela Pelazza/Shutterstock

Layout und Gesamtherstellung:
Arnold & Domnick, Leipzig (A)

Schöne Autos, ein Treffen
am Morgen und eine Rorate-Messe.

15

Ein märchenhafter Mord

benno

Dass Bibliothekare unter umstürzenden Regalen begraben werden, ist in der Kriminalgeschichte keine Seltenheit. Manche nennen das gar den typischen Bibliothekarstod. Was Gustav Merks freilich am letzten Mittwochmorgen in der Videothek „Bunte Filmpalette“ sah, war ein Mord der besonderen Art. Unter einem wurmstichigen Regal lag, übersät von herausgefallenen Büchern, ein toter alter Mann. Dem hatten die wuchtigen Prachtstücke förmlich das Kreuz gebrochen. Sein graugelockter Kopf lag mit leerem Blick dicht an der Kellertreppe. Eine Hand umklammerte die offene Brotbüchse mit der Frühstücksschnitte darin. Krümel musste er sterbend noch aus dem Brot geklaubt und in Richtung Tür geworfen haben. Was hatte das zu bedeuten?

Im Gegensatz zu dem spärlich beleuchteten Kellergewölbe bot die in hellem Gelb und Grün gehaltene Halle darüber einen viel erfreulicheren Anblick. Hier standen Regale von moderner

Bauart. In ihnen steckte eine schmale DVD neben der anderen und pries grelle Filmtitel an. Fiel so ein Möbel, hätte es kaum jemanden erschlagen. Der rundliche Kommissar lehnte sich über den Ausleihtresen. Dahinter erklärte sich, noch ziemlich betroffen vom Tod des Alten im Keller, Peter Hänsel, der Inhaber der „Filmpalette". Umrahmt wurde er von den jungen Mitarbeitern Matthias Daum und Tanita Näser. Letztere war seine Tochter und Daum der künftige Schwiegersohn – alles in allem also ein Familienbetrieb. „Der Herr Dr. Gundolf im Keller …“, Hänsel wies mit dem Finger nach unten, „… gehört eigentlich nicht zum Personal. Sie wissen sicher, dass die ‚Filmpalette‘ früher die alte Landbibliothek gewesen ist. Ich kaufte das Gebäude, als sich herausstellte, dass die Leute in der Gegend kaum Bücher ausleihen, sondern lieber Filme sehen wollen. Dem alten Bibliothekar überließen wir den Keller. Darin richtete Dr.

Gundolf eine Märchenbibliothek ein und holte Kinder zu Vorlesestunden. Nun, das funktionierte nicht so richtig. Er konnte nicht organisieren, wissen Sie." Der Sohn warf ein: „Wenn er ein Kinderprogramm anzettelte, hing er überall selbstgemalte Schilder auf, und die Kinder brachten nur Dreck ins Haus." – „Geschäftlich gesehen", ergänzte Hänsel, „war er uns ein Klotz am Bein."

Merks erschrak über die Offenheit der kleinen Privatkapitalisten. Nur Tanita rollte mit den meergrünen Augen und meinte: „Papa, red nicht so über den eben erst verstorbenen Märchenopa ..."

Bis die Kriminaltechnik kam, mochten noch einige Minuten vergehen. So bat Gustav Merks das Trio, mit ihm hinab zu steigen. „Halt!", befahl er am obersten Treppenabsatz. „Warten Sie hier." Die trübe Funzel beleuchtete den Tatort. „Manchmal gelingt es den Opfern, in den letzten Augenblicken ihres Lebens noch einen Hinweis auf den

Mörder zu gehen. Auf die Person zum Beispiel, die das Regal umstieß, als der alte Mann dahinter frühstückte." – „Sie glauben doch wohl nicht ...?!", empörte sich Hänsel. „Ich glaube, dass es für den Sterbenden auch möglich gewesen wäre, seinen Daumen oder seine Nase mit Blut zu beschmieren. Das hätte einen Hinweis auf Sie, Herr Daum, oder auf Sie, Fräulein Näser, bedeutet. Doch er streute eine Spur von Brotkrümeln. Was denken Sie, wen er damit meinte?"

Lösung

Peter Hänsel. Denn in „Hänsel und Gretel“ streut der Junge Brotkrumen.

Dieser Rätselkrimi wurde entnommen aus:
Die kleine Adventsbibliothek, Teil 15

ISBN 978-3-7462-5940-6

Text: Steffen Mohr

Bilder: Fond: © HorenkO/Shutterstock, U2, S.1, 7: © Romanova Ekaterina/Shutterstock (Schmuckelemente), S.1: © Stasys Eidiejus/Fotolia (Initial), S.8: © Victoria Sergeeva/Shutterstock

Besuchen Sie uns im Internet:

www.st-benno.de

Umschlaggestaltung:
Rungwerth Design, Düsseldorf

Umschlagmotiv:
© DrObjektiff/Shutterstock

Layout und Gesamtherstellung:
Arnold & Domnick, Leipzig (A)

Tod eines Bibliothekars,
drei Verdächtige
und ein paar Krümel.

16

Winter-
marathon

benno

Harald Bloch fand sich in einer seltsamen Situation wieder. Es war sein freier Tag und er war eine Weile ziellos in der Gegend herumgelaufen, wie das manchmal seine Art war. Der Morgennebel verzauberte die Stadt. Es war recht mild, bestimmt schon sieben Grad, und für heute waren bis zu zwölf Grad angesagt. Bloch atmete tief durch. Ein wenig Bewegung am Morgen tat ihm gut. Er dachte an nichts bestimmtes oder doch höchstens daran, dass er

für seine Frau noch immer kein Weihnachtsgeschenk hatte, als ihm plötzlich in etwa hundert Metern Entfernung eine dunkel gekleidete Gestalt auffiel. Es war im Nebel nicht gut zu erkennen, aber Bloch schien es so, als versuche die Person, über ein Geländer hinweg durch ein ebenerdig gelegenes Fenster in ein Haus einzusteigen.
Harald Bloch war also nicht im Dienst und völlig in Gedanken, und nur so war seine unprofessionelle Reaktion zu erklären.

Statt unauffällig herauszufinden, was da vor sich ging, rief er: „Hallo, Sie da!“, woraufhin die Person umgehend die Flucht ergriff. Bloch zögerte keinen Augenblick und nahm die Verfolgung auf. Er war nicht sportlich im eigentlichen Sinne, und so war ihm natürlich klar, dass er eine Verfolgungsjagd zu Fuß nur kurzzeitig durchhalten würde. Der andere schien weit sportlicher zu sein als er selbst und baute schon nach wenigen Sekunden seinen Vorsprung aus.

Bloch setzte auf Risiko: Am wahrscheinlichsten schien ihm, dass der Läufer versuchen würde, rechterhand im Stadtpark zu verschwinden. Deshalb folgte er ihm nicht direkt, sondern nahm eine Abkürzung, verlor den Verdächtigen für kurze Zeit aus dem Blick, indem er rechts abbog und einen Trampelpfad entlang der Kleingärten nahm. Als er schnaufend um die nächste Ecke bog, sah er, dass er Glück gehabt hatte. Der Mann lief ihm direkt in die Arme.

Auch ohne Dienstmarke strahlte Kommissar Bloch die Autorität seines Amtes aus, sodass der Mann sich widerwillig zu rechtfertigen versuchte. Nein, das sei ein Irrtum. Er habe nicht in das Haus einbrechen wollen, sondern am Geländer vor dem Fenster nur ein paar Dehnungsübungen gemacht. Und er sei auch nicht vor dem Kommissar geflüchtet, sondern trainiere für den nächsten Marathon.

Kurz zweifelte Bloch an seinem Urteilsvermögen. Hatte er den

Läufer zu Unrecht verdächtigt? Er mochte Anfang fünfzig sein, war schlank und wirkte sehr sportlich. ein Marathontraining war ihm durchaus zuzutrauen. Der Mann trug eine Jogginghose, Turnschuhe, eine dunkle Daunenjacke, das Haar, das unter der Wollmütze hervorquoll, zeigte noch keine Spur von Grau.

„Welcher Marathon soll das denn sein?", fragte Bloch misstrauisch.

„Wintermarathon in Leipzig Anfang Februar", sagte der Mann kurz angebunden und fing an,

auf der Stelle zu laufen. Er schien ungeduldig darauf zu warten, dass er sein Training fortsetzen konnte.
„Und wie viele Kilometer haben Sie schon?“, fragte Bloch.
„Fünfundzwanzig“, war die knappe Antwort.
„Unmöglich“, entgegnete Bloch spontan.
Warum war er so sicher, dass der Mann log?

Lösung

Wenn ein echter Läufer bei so milden Temperaturen eine so lange Strecke laufen würde, dann würde er keine Daunenjacke tragen. Zum Laufen ist er viel zu dick angezogen.

Dieser Rätselkrimi wurde entnommen aus:
Die kleine Adventsbibliothek, Teil 16

ISBN 978-3-7462-5940-6

Text: Stefanie Heckl

Bilder: Fond: © HorenkO/Shutterstock, U2, S.1, 7: © Romanova Ekaterina/Shutterstock (Schmuckelemente), S.1: © Stasys Eidiejus/Fotolia (Initial), S.8: © Victoria Sergeeva/Shutterstock

Besuchen Sie uns im Internet:

www.st-benno.de

Umschlaggestaltung:
Rungwerth Design, Düsseldorf

Umschlagmotiv:
© DrObjektiff/Shutterstock

Layout und Gesamtherstellung:
Arnold & Domnick, Leipzig (A)

Morgennebel,
eine verdächtige Person
und ein Trainingslauf.

17

Des Mörders Wagen

benno

Auch im Landkreis fiel bis Mittag keine Flocke. Vorsichtig fuhr Gustav Merks über die vermatschten Straßen. Als er 14 Uhr 30 am Waldkrankenhaus eintraf, deckte ein plötzlicher Schneeschauer Park, Häuser und Autodächer zu und biss dem Kommissar, als er, die Jacke über den Kopf gezogen, zur Pforte stolperte, eiskalt ins Gesicht. Auf Station 8, woher der Anruf gekommen war, herrschte helle Aufregung. Ärzte und Schwestern rannten hin und her.

Die Polizei hatte die Tür Nummer 19 mit einem Absperrband garniert. Merks erblickte im Zweibettzimmer ein leeres Bett, auf dem anderen lag die Leiche. Janus Fliesser, den bekannten Krimiautor, hatten unbekannte Hände mit einem Kissen erstickt. Ein Besucher des Frischoperierten sah, sich nervös die Finger reibend, zum Fenster hinaus. Stationsarzt Hochbein bezichtigte den semmelblonden Fremden, der Heiner Kothe hieß und angeblich Fliessers bester

Freund und dessen Berufskollege war, der Tat. „Konkurrenz unter Schmuddelautoren“, murmelte er verächtlich. Der Pfleger Siegmund Tannheiser, ein schülerhaft wirkender Spund, unterstützte den Verdacht. „Ich trat meinen Dienst an“, berichtete der, „und lief sofort ans Bett des Operierten. Janus, dessen Bücher ich schätze, sprach in den zwei Tagen vor seiner OP mit mir wie ein väterlicher Freund. Er hat sogar mein erstes Manuskript gelobt ...“ – „Zur Sache!“,

unterbrach Merks. „Was erleb-
ten Sie heute im Zimmer?“ Tannheiser entschuldigte sich. „Janus war tot, erstickt mit seinem Kissen, das ich ihm natürlich sofort vom Kopf riss. Da auf dem Nachbarbett liegt es. Dieser Herr Kothe stand zitternd im Raum. Als Doktor Hochbein den Exitus bestätigte, verständigte er die Polizei.“

Der Arzt räusperte sich und erklärte: „Vor der Mittagsruhe hat Schwester Ethel noch den Patienten aufgesucht. Da schnarchte er friedlich vor sich hin. Dieser Herr Kothe hier kam unangemeldet auf Station." Kothe, übernervös, stammelte: „Als ich Zimmer 19 das erste Mal betrat, fand ich meinen Freund auch schlafend vor. Daraufhin ging ich leise hinaus und besuchte noch mal das Klinikcafé. In dieser Zeit muss wohl der Mörder aufgetaucht sein. Denn als ich zurückkehrte, lag Janus mit blau angelaufenem Gesicht da, und gleich darauf stürzten der Arzt und der Pfleger rein."

Eine Weile lang schwieg der Kommissar. Dann fragte er den Pfleger: „Wann erschienen Sie zum Dienst?“ Die Antwort lautete: „Fünf Minuten nach 14 Uhr, leider. Ich verspätete mich wegen des plötzlich einsetzenden Schneetreibens auf den Straßen.“ – „Und Sie, Herr Kothe?“ – „Mein erster Besuch muss so gegen halb zwei gewesen sein. Dann kam ich kurz nach zwei wieder. Ich wollte Julius doch nicht im Schlaf stören.“ Nachdenklich schaute Gustav Merks durchs Fenster auf den Park platz. Das Gestöber hatte nachgelassen. Unten parkten drei PKW, der des Arztes, der von Kothe und der des Pflegers. Merks ließ sich sagen, wem welcher Wagen gehörte. „Wenn wir hinuntergehen", meinte er, „kann ich Ihnen das Auto des Mörders zeigen. Doch bereits jetzt erkenne ich es, wenn auch ein wenig undeutlich." Dann verhaftete er einen der Männer. – Woran erkannte der Kommissar den Wagen des Mörders?

Lösung

Unter dem Pkw des Pflegers lag keine Flocke. Also betrat er das Haus schon vor dem Gestöber. Offenbar hatte Fliesser sein Skript verrissen statt gelobt. Unter den anderen Wagen lag Schnee.

Dieser Rätselkrimi wurde entnommen aus:
Die kleine Adventsbibliothek, Teil 17

ISBN 978-3-7462-5940-6

Text: Steffen Mohr

Bilder: Fond: © HorenkO/Shutterstock, U2, S.1, 7: © Romanova Ekaterina/Shutterstock (Schmuckelemente), S.1: © Stasys Eidiejus/Fotolia (Initial), S.8: © Victoria Sergeeva/Shutterstock

Besuchen Sie uns im Internet:

www.st-benno.de

Umschlaggestaltung:
Rungwerth Design, Düsseldorf

Umschlagmotiv:
© Paprika_only/Shutterstock

Layout und Gesamtherstellung:
Arnold & Domnick, Leipzig (A)

Ein Schneeschauer,
ein Krankenbesuch
und Tod durch Ersticken.

18

Eine feurige Musikerin

benno

In den letzten Wochen hatte es immer wieder Brandstiftungen in der Umgebung gegeben. Ein Täter wurde nie ermittelt. Aber als beim jüngsten Brand ein kleines Bild des heiligen Florian, Schutzheiliger gegen Brände, in unmittelbarer Nähe des Tatorts gefunden wurde, fühlte sich Kommissar Bloch an Konstanze Lohenbach erinnert. Die Berufsmusikerin hatte vor einigen Jahren schon einmal eine Haftstrafe wegen wiederholter Brandstiftung verbüßt. Wegen ihrer langen roten Haare war sie dem Kommissar in Erinnerung geblieben. Sie stammte ursprünglich aus Österreich und der Kommissar konnte sich dunkel erinnern, dass sie damals den heiligen Florian erwähnt hatte. Er beschloss, ihr einen formlosen Besuch abzustatten.

Schon als er den Hausflur betrat, hörte er Harfenklänge. Frau Lohenbach spielte irgendetwas Beschwingtes. Der Kommissar kannte sich mit klassischer Musik nicht sehr gut aus, aber ihm gefiel der Klang und er blieb einen Moment still stehen, um zu lauschen. Die Töne perlten zu ihm in einer Weise die

Treppe hinunter, dass ihm plötzlich ganz festlich zumute wurde. Nach zwei Minuten gab er sich einen Ruck und stieg die Treppe empor. Es half ja nichts. Auf sein Klingeln hin brach das Spiel abrupt ab und er hörte Schritte, die sich der Tür näherten. Die Harfenistin trug auch zu Hause Absatzschuhe! Ein wenig eingeschüchtert trat er einen Schritt zurück, als Frau Lohenbach die Tür öffnete und bei seinem Anblick eine Augenbraue fragend hob.

„Ich kam gerade vorbei und habe Ihrem wunderbaren Spiel gelauscht. Kommissar Bloch. Sie erinnern sich?“

Sie erkannte ihn und bat ihn freundlich herein, wobei sie erklärte, was sie da gerade gespielt habe. Der Kommissar wusste, dass er sich den französischen Namen des Komponisten keine fünf Minuten lang würde merken können. Auch die musikalischen Fachbegriffe, die die Harfenistin in einem fort fallen ließ, waren für ihn wie eine Fremdsprache. Wenn er sich nicht ganz täuschte, war ihr sehr wohl bewusst, wie wenig er von ihren Ausführungen verstand, und sie kostete ihre Überlegenheit eine Weile aus, bevor sie mit einem gönnerhaften Lächeln sagte: „Sie sind aber bestimmt nicht gekommen, um mit mir über Boieldieus Concerto für Harfe zu plaudern, Herr Kommissar."

„Da haben Sie ganz recht", der Kommissar räusperte sich. „Eigentlich wollte ich Sie fragen, wo Sie vorgestern Abend waren."

Konstanze Lohenbach hob wieder die Augenbraue. Dann strich sie sich mit einer langsamen Bewegung das rote Haar aus der Stirn und sagte mit träumerischer Stimme: „Vorgestern

Abend? Das kann ich Ihnen sagen. Da habe ich musiziert. Bei einer Aufführung des Weihnachtsoratoriums von Bach, alle sechs Kantaten – es ging den ganzen Abend lang. Ein phänomenaler Abend, wenn ich das so sagen darf. Die Solisten waren herausragend, besonders der Bass. Die Instrumentalisten waren alle erstklassig. So gut habe ich den Part der Oboen noch nie spielen gehört. Und ich selbst", sie lachte ein kurzes, helles Lachen, „habe nicht wenige Komplimente bekommen. Ich trug ein feuerrotes Kleid ..."

„Interessante Wortwahl", warf der Kommissar ein. „Ich fürchte, ich muss Sie nun doch bitten, mit aufs Revier zu kommen." Er verstand zwar nicht viel von Musik, aber das Weihnachtsoratorium hatte er schon mehrmals gehört und so fiel ihm auf, dass ihn die Musikerin gehörig auf die Schippe nehmen wollte. – Was kam ihm gleich verdächtig vor?

Lösung

Bei Bachs Weihnachtsoratorium spielt gar keine Harfe mit.

Dieser Rätselkrimi wurde entnommen aus:
Die kleine Adventsbibliothek, Teil 18

ISBN 978-3-7462-5940-6

Text: Stefanie Heckl

Bilder: Fond: © HorenkO/Shutterstock, U2, S.1, 7: © Romanova Ekaterina/Shutterstock (Schmuckelemente), S.1: © Stasys Eidiejus/Fotolia (Initial), S.8: © Victoria Sergeeva/Shutterstock

Besuchen Sie uns im Internet:

www.st-benno.de

Umschlaggestaltung:
Rungwerth Design, Düsseldorf

Umschlagmotiv:
© Daniela Pelazza/Shutterstock

Layout und Gesamtherstellung:
Arnold & Domnick, Leipzig (A)

Der heilige Florian, eine Harfe
und wiederholte Brandstiftung.

19

Silvester-raketen nebenbei

benno

Das Nest lag kurz vor der Ostgrenze des Freistaats. Eine Ortschaft zuvor hielt Kommissar Merks an und betrat den Gasthof. Er verließ ihn mit einem Mann, der eine teure Nerzmütze trug. Dieser Kollege Stani Kurek von der polnischen Fahndungsgruppe bat Merks, sich ebenfalls ein wenig neureich zu verkleiden. Er reichte ihm Mütze und Mohairschal. Kurek sprach fließend Deutsch. Nach elf Kilometern erreichten sie ihren Zielort. In der kurzen Zeit erkannten sie, dass sie aus gleichem Holz geschnitzt und vielleicht für eine längere Freundschaft geschaffen waren. Vor einem weiträumig umzäumten Sandfeld, auf dem zahllose Gebrauchtwagen standen, hielten sie an. SCHWITTER'S AUTOMARKT prangte in knallgelben Lettern auf einem Schild. „Dämliche Unsitte, hinter seinen Namen ein Apostroph zu setzen“, spottete Kurek leise.

Schwitter fertigte eine jugendliche Reisegruppe ab, die ihm büschelweise Silvesterraketen abkaufte Knaller aus Tschechien, registrierte Merks sofort. Nervös schielte der Glatzkopf auf die zwei betuchten Herren, die auf ihn zu liefen.

„Dzien dobry!“, grüßte der polnische Kommissar.

„Dzien dobry“, gab der Händler zerstreut zurück. Und rechtfertigte sich umgehend: „Die Kracher hier sind mein Nebenverdienst, weil ... weil ja Silvester ist. Alles seriös gekauft, kann Ihnen die Belege zeigen.“ Der quasselt verdächtig viel, dachte Merks.

Kurek aber trat dicht an Schwitter heran, er fragte: „Czy muwi pan po polsku?“ Er fragt ihn, ob er Polnisch versteht, begriff Merks. Die Antwort klang ehrlich: „Nix polski! Spreche leider nur Deutsch.“ Dabei verscherbelte er die Raketen, bis alle Jugendlichen wieder vom Gelände weg waren. Nun raunte Kurek dem Geschäftsmann zu: „Czy chciaubys ukrengcitsch interes?“ Der Kahle riss die Augen auf und beteuerte, dass er nicht mehr als guten Tag, bitte und danke auf

Polnisch verstünde. Scheinbar enttäuscht gingen die beiden zu ihrem Fahrzeug. Als sie nebeneinander im Wagen saßen, grinste Kurek. „Ich habe ihn gefragt, ob er ein Ding drehen will. Die übliche Mehrdeutigkeit in der Gaunersprache. Er hätte darauf anspringen müssen. Aber er versteht wirklich kein Polnisch."

Merks meinte: „Genau dieses Ergebnis wollten wir ja haben."

Danach, diesmal aber im bestimmten Schritt, liefen sie zu Schwitter zurück. Sie zeigten ihre Ausweise. Jetzt konnte Merks gezielt fragen. Er wusste, dass der Glatzenmann noch nicht davon informiert sein konnte, dass heute Morgen ein hochrangiges Mitglied des organisierten Autoschmuggels, ein Ganove namens Grzeszkiewicz, gefasst wurde. Der hatte im Verhör Schwitter als den wichtigsten deutschen Verbindungsmann angegeben. Merks fragte: „Zählt ein Herr Grzeszkiewicz zu Ihren Kunden?“ Schwitter zog sein Notebook. „Falls er mein

Kunde ist", sagte er, „muss er hier in der Datei stehen." Flink tippte er den Namen Buchstabe für Buchstabe ein. Auf dem Display erschien der Vermerk: „Unbekannt". – „Sehen Sie", kommentierte Schwitter, „weder ich noch meine Kundenliste kennen den Namen. Bedaure." Merks schmunzelte. „Bedaure ebenfalls", sagte er. „Aber Sie müssen nun sofort in unseren Wagen steigen." – Wie verriet sich Schwitter?

Lösung

Er verstand kein Polnisch, schrieb den komplizierten Namen aber korrekt. Also war ihm Grzeszkiewicz vertraut.

Dieser Rätselkrimi wurde entnommen aus:
Die kleine Adventsbibliothek, Teil 19

ISBN 978-3-7462-5940-6

Text: Steffen Mohr

Bilder: Fond: © HorenkO/Shutterstock, U2, S.1, 7: © Romanova Ekaterina/Shutterstock (Schmuckelemente), S.1: © Stasys Eidiejus/Fotolia (Initial), S.8: © Victoria Sergeeva/Shutterstock

Besuchen Sie uns im Internet:

www.st-benno.de

Umschlaggestaltung:
Rungwerth Design, Düsseldorf

Umschlagmotiv:
© DrObjektiff/Shutterstock

Layout und Gesamtherstellung:
Arnold & Domnick, Leipzig (A)

Ein Automarkt,
eine Schmugglerbande
und ein polnischer
Kommissar.

20

Die gestohlenen Krippenfiguren

benno

Früh um halb fünf kam der Notruf aus dem Kunstgeschichtlichen Museum. Harald Bloch und sein Kollege Jaschke hatten Dienst und rasten mit Blaulicht zum Museum. Draußen kündeten große Plakate die Sonderausstellung mit historischen Krippenmotiven an. Am Eingang wurden sie vom Wachmann empfangen. Er war klein, glatzköpfig, ein wenig rundlich und ziemlich blass um die Nase.

„Gut, dass Sie so schnell gekommen sind“, empfing er die Beamten mit einem Redeschwall. „Die Einbrecher sind in der Sonderausstellung und stehlen ausgerechnet die wertvollen katalanischen Krippenfiguren. Bei uns wurde noch nie eingebrochen. Ich bin ganz aufgeregt, bitte entschuldigen Sie! Hoffentlich hab ich alles richtig gemacht.“
Jaschke beruhigte den Mann und ließ sich berichten, was geschehen war. Der Wachmann hatte in seinem Dienstzimmer um Viertel nach vier auf den Bildschirmen der Überwachungska-

meras gesehen, wie drei Männer durch ein Fenster in den größten Raum der aktuellen Sonderausstellung stiegen. Eigentlich hätte da schon der Alarm losgehen müssen, aber offensichtlich hatten sie den ausschalten können. Der Wachmann konnte erkennen, dass sie bewaffnet waren. Er wartete keine Sekunde, sondern lief, sobald er die drei durchs Fenster kommen sah, mit den Schlüsseln durch das ganze Museum – ein Weg von ungefähr zehn Minuten, er sei leider nicht der Schnellste –, um die Tür des Raumes zu verschließen, sodass die Einbrecher nicht herauskamen. Danach habe er sofort die Polizei gerufen.

„Ich hoffe, das war richtig so. Sehen Sie, die drei hatten Schusswaffen. Ich habe nur diesen lächerlichen kleinen Schlagstock. Die hätten mich umgelegt."

Jaschke und Bloch gingen ins Museum, ließen sich die fragliche Tür zeigen und verschafften sich Zutritt. Wie zu erwarten, waren die Diebe wieder durch das Fenster verschwunden. Bloch sah sich um. Eine Vitrine war komplett ausgeräumt. An einem Schildchen daneben stand: „Krippe aus der Werkstatt von Ramon Amadeu, Katalonien, um 1790". In den anderen Vitrinen standen Krippenfiguren aus Sizilien, eine kleine spätmittelalterliche Krippe mit Ochse, Esel, Jesuskind und Maria und sogar prächtige, teilweise vergoldete Krippenfiguren aus Meißner Porzellan.

„Das ist ja interessant", meinte Kommissar Bloch. Ihm wurde unerwartet heimelig zumute und er nahm sich vor, an diesem Abend das Räuchermännchen räuchern zu lassen.

„Sie hätten nicht erst den Notruf absetzen und danach die Tür verriegeln können?“, fragte Jaschke streng.

„Ich war zu aufgeregt“, sagte der Wachmann. „Und ich wollte verhindern, dass sie in weitere Räume eindringen.“

„Können Sie uns die Aufnahmen der Überwachungskamera zur Verfügung stellen?“, fragte Jaschke weiter.

„Aber natürlich! Kommen Sie gerne mit.“

„Sie haben die Aufnahmen bisher noch nicht angesehen, richtig?“, vergewisserte sich Bloch.

„Nein, nein, ich stand ja die ganze Zeit unten an der Tür und habe auf Sie gewartet."
Harald Bloch seufzte kurz auf. „Ich fürchte, wir müssen Sie mit aufs Revier nehmen. Sie stecken ganz klar mit den Dieben unter einer Decke."
Wie kommt der Kommissar darauf?

Lösung

Der Wachmann wusste, dass die Einbrecher es auf die katalanischen Krippenfiguren abgesehen hatten, obwohl er es nicht beobachtet haben kann.

Dieser Rätselkrimi wurde entnommen aus:
Die kleine Adventsbibliothek, Teil 20

ISBN 978-3-7462-5940-6

Text: Stefanie Heckl

Bilder: Fond: © HorenkO/Shutterstock, U2, S.1, 7: © Romanova Ekaterina/Shutterstock (Schmuckelemente), S.1: © Stasys Eidiejus/Fotolia (Initial), S.8: © Victoria Sergeeva/Shutterstock

Besuchen Sie uns im Internet:

www.st-benno.de

Umschlaggestaltung:
Rungwerth Design, Düsseldorf

Umschlagmotiv:
© DrObjektiff/Shutterstock

Layout und Gesamtherstellung:
Arnold & Domnick, Leipzig (A)

Ein Einbruch im Museum,
historische Krippen und
ein ängstlicher Wachmann.

21

Ein seltsamer Heiliger

benno

In eins der neuen Einfamilienhäuser am See war eingebrochen worden. Mehrere Computer, ein nagelneues Rennrad, die komplette Skiausrüstung und die Whiskey-Sammlung der Familie Weiß waren gestohlen worden. Der wertvollste Gegenstand im Haus, eine Lithografie eines bekannten Leipziger Malers, hatte die Einbrecher nicht interessiert. Aber natürlich hatten sie auf der Suche nach Wertgegenständen das ganze Haus verwüstet. Erste Spuren führten zu einer Bande, die in der Vergangenheit immer wieder durch ähnliche Einbrüche aufgefallen war. Die meisten Bandenmitglieder saßen derzeit im Gefängnis, aber der achtzehnjährige Justin Hoffmann war auf freiem Fuß.

Schlacksig, pickelig und mit abwehrendem Gesichtsausdruck saß er vor Kommissar Bloch, der ein ganz ähnliches Exemplar in Form seines Sohnes Benjamin zu Hause hatte. Er trug die gleiche Art weißer Turnschuhe und etwas zu kurze Hosen wie sein Sohn. Seltsame Mode, fand Bloch. Obwohl er selbst Vater war, fiel es ihm bei Jugendlichen schwer, den richtigen Ton zu treffen. Man musste sie natürlich siezen, obwohl sich das ganz und gar falsch anfühlte. Und das Allerschlimmste an Jugendlichen: Sie bekamen einfach den Mund nicht auf. Harry Bloch, der die einsilbigen Antworten seines Sohnes gewöhnt war, seufzte innerlich auf, ehe er die erste Frage stellte: „Wo waren Sie am Vormittag des 20. Dezember?“

„Weiß nicht."
„Sie wissen nicht mehr, was Sie gestern gemacht haben? Am Sonntagmorgen?"
„Ach so."
„Was meinen Sie mit ‚Ach so'?"
„Wusste ich doch nicht, dass gestern der 20. war."
Harry Bloch atmete tief ein und zählte langsam bis fünf. Das konnte ja heiter werden. Dem würde er jedes Wort einzeln aus der Nase ziehen müssen. „Gestern war Sonntag, der 20. Dezember. Der vierte Advent. Was

haben Sie da am Vormittag gemacht?"
„Kirche."
Der Kommissar glaubte, sich verhört zu haben. „Sie waren im Gottesdienst?"
„Hm."
„Bitte in ganzen Sätzen!" Wieso klang er jetzt wie ein Lehrer? „In welcher Kirche waren Sie und ab wie viel Uhr?"
„Nein, na ja, ich war nicht direkt in der Kirche. Ich wollte hin, aber … äh … ich kam zu spät. Da waren die anderen schon weg."

„Welche anderen?"

„Die anderen Sternsinger. Ich hatte halt die Verkleidung an vom König Baltasar, aber ich hab da zu lange gebraucht fürs Kostüm. Und da waren die anderen Könige schon losgegangen, als ich zum Treffpunkt kam."

„Sie sind also einer der Heiligen Drei Könige? Sehr löblich. Das haben Sie sicher auch als Kind schon gemacht, oder?"

„Ja klar. War auch bei den Ministranten, früher mal."

„Ach so, verstehe. Das scheint aber wirklich schon ein paar Jahre her zu sein“, meinte Kommissar Bloch mit ausdruckslosem Gesicht. „Ein paar Stichpunkte haben Sie sich anscheinend gemerkt, aber Wesentliches vergessen. Und jetzt erzählen Sie mir bitte, was Sie am Sonntagvormittag wirklich gemacht haben.“

Wieso glaubt der Kommissar Justin nicht?

Lösung

Die Sternsinger ziehen erst am 6. Januar los.

Dieser Rätselkrimi wurde entnommen aus:
Die kleine Adventsbibliothek, Teil 21
ISBN 978-3-7462-5940-6

Text: Stefanie Heckl
Bilder: Fond: © HorenkO/Shutterstock, U2, S.1, 7: © Romanova Ekaterina/Shutterstock (Schmuckelemente), S.1: © Stasys Eidiejus/Fotolia (Initial), S.8: © Victoria Sergeeva/Shutterstock

Besuchen Sie uns im Internet:
www.st-benno.de

Umschlaggestaltung:
Rungwerth Design, Düsseldorf
Umschlagmotiv:
© Paprika_only/Shutterstock
Layout und Gesamtherstellung:
Arnold & Domnick, Leipzig (A)

Ein wortkarger Verdächtiger,
die Sternsinger
und ein frommes Alibi.

22

Schneider in Scherben

benno

Das temperamentvolle Wesen im taubenblauen Hosenanzug kam offenbar direkt vom Friseur, der ihr das silbergraue Haar rot getönt hatte. Sofort nach dem Eintritt ins Büro von Merks wuchtete sie einen Karton auf den Tisch. Es klapperte und klirrte darin mörderisch. Die burschikose Person kommentierte: „Das Corpus Delicti, Herr Kommissar.“ Der blickte auf das mit DHL-Aufklebern versehene Päckchen von Schuhkartongröße herab. „Darf ich reinsehen?“, fragte er. Lisbeth Müller – so hatte sich die Dame beim Diensthabenden unten gemeldet – nickte. Merks blickte in einen Haufen bunter Porzellanscherben, wobei ihm die hohe Qualität des Materials auffiel. „Das war mal der Schneider auf dem Ziegenbock“, sagte Frau Müller. „Eine Kopie der weltbekannten Porzellanplastik, wie sie im Schausaal der Manufaktur Meißen zu sehen ist. Johann Joachim Kändler fertigte sie vor Jahrhunderten persönlich an. Aber jetzt liegt der Schneider

in Scherben." Zwei Tränen koller-
ten über ihre gerougten Wangen. Sie berichtete, dass sie das Weinrestaurant „Güldene Traube" betreibe, in Familientradition. Zu dieser gehöre auch, dass im Lokal kunstvolle Nippfiguren aus Meißner Porzellan ausgestellt werden. „Ein wahrer Magnet für die Gäste, das können Sie glauben!" Damit zog sie einige Fotografien der Gasträume aus ihrer Handtasche. In den gewölbeartigen Sälen saßen die Besucher an gedeckten Tischen. Über ihren

Köpfen zogen sich Regalbretter hin. Die waren so geschickt angebracht, dass die bis zu einem halben Meter hohen Skulpturen von musizierenden Hoffräuleins und reitenden Fürsten nicht gegen die Decke stießen, sondern ihre wippenden Barette, Lanzenspitzen oder Lautenhälse dort endeten, wo das Deckengemälde begann. Das stellte eine barocke Badeszene mit appetitlichen Nackedeis dar.

„Verlockend", brummte Merks, woraufhin die Besucherin blitzschnell ihre Geschäftskarte herüberschob.

Eine Figur fiel besonders auf, jener Schneider auf dem Ziegenbock. Auf einem Foto stand er hoch oben an der Stirnseite des Saals. Auf einem anderen Bild jedoch fehlte er und war durch eine chinesische Vase ersetzt. „Das ist leider der jetzige Zustand“, erklärte die Gastronomin. Denn vor Monatsfrist hatte sich ein Kollege, der Besitzer vom „Weinhaus am Osthang“, den Schneider ausgeliehen. Für eine Unternehmensweihnachts-feier brauchte dieser Herr Ilg eine besondere Tischdekoration. „Und leider ließ ich mich breit-schlagen von dem Schuft. Aber ich stellte ausdrücklich klar: Am Tag nach deiner Festivität kehrt der Schneider zurück.“ Ein wo-chenlanger Streit folgte, Telefo-nate und Mails hin und her. Zu Wochenbeginn drohte sie ihm mit rechtlichen Konsequenzen. Heute nun erhielt sie dieses Pa-ket. „Was meinen Sie? Soll ich die Lieferfirma verklagen? Doch der

Kerl konnte sich ja denken, dass man Porzellan nicht in einem billigen Schuhkarton verschickt!"

Der Kommissar tippte auf die Aufkleber. „Da steht zwar: Vorsicht. Porzellan. Nicht stürzen ... Aber wissen Sie, ich habe den begründeten Verdacht, dass Ihnen der Kollege bereits Scherben in die Sendung gelegt hat, bevor er sie abschickte." – Welchen Beweis führte Gustav Merks an?

Lösung

Der Karton ist für die ganze Figur zu klein.

Dieser Rätselkrimi wurde entnommen aus:
Die kleine Adventsbibliothek, Teil 22

ISBN 978-3-7462-5940-6

Text: Steffen Mohr

Bilder: Fond: © HorenkO/Shutterstock, U2, S.1, 7: © Romanova Ekaterina/Shutterstock (Schmuckelemente), S.1: © Stasys Eidiejus/Fotolia (Initial), S.8: © Victoria Sergeeva/Shutterstock

Besuchen Sie uns im Internet:

www.st-benno.de

Umschlaggestaltung:
Rungwerth Design, Düsseldorf

Umschlagmotiv:
© Daniela Pelazza/Shutterstock

Layout und Gesamtherstellung:
Arnold & Domnick, Leipzig (A)

Eine Leihgabe, ein Schuhkarton
und tausend Scherben.

23

Einladung zur Bescherung

benno

Wer Frau Manske übers Ohr hauen wollte, der musste schon besonders früh aufstehen. Die alte Frau Manske war zwar gehbehindert, sah wenig und hörte nicht mehr gut, hatte aber einen messerscharfen Verstand. Es war am Tag vor Weihnachten, als sie die Polizei rief. Nun saß Kommissar Bloch auf ihrem Sofa, auf dem man so tief in die Polster sank, dass man nur schwer einen dienstlichen Ton anschlagen konnte. Sie hatte gut geheizt und Kommissar Bloch, der nach dem Trubel der letzten Wochen urlaubsreif war, musste gegen die Müdigkeit ankämpfen. Enkeltrickbetrüger waren ihm in letzter Zeit kaum untergekommen, aber nun hatte sich ausgerechnet zu Frau Manske einer von ihnen verirrt.

„Beschreiben Sie mir noch einmal, was passiert ist“, forderte er Frau Manske auf.

„Wie bitte? Sie müssen lauter reden, junger Mann!“

„Was? Ist? Passiert?“, rief Bloch aus Leibeskräften.

„Ach so! Schreien Sie doch nicht so“, entgegnete sie beleidigt. „Also, so gegen elf Uhr klingelte vorhin dieser junge Mann an meiner Tür und behauptete, er sei mein Enkel, stecke in der Klemme und ich müsse ihm mit 300 Mark aushelfen.“

„Euro“, sagte Kommissar automatisch.

„Wie bitte?“

Der Kommissar winkte ab.

„Ich habe auch einen Enkel, den ich lange nicht mehr gesehen habe. Robert heißt er. Er hat

Geologie studiert, erst in Freiberg an der Bergakademie und dann im Ausland ... ich vergesse immer, wo das war. Ich sehe ja ganz schlecht, aber der junge Mann von heute Vormittag hatte dunkle Haare wie Robert, nur schien er mir ein bisschen größer und kräftiger. Kann aber auch sein, dass ich kleiner geworden bin. Jedenfalls arbeitet Robert seit ein paar Jahren als Geologe in Kalifornien."

„Aha, wegen der Erdbeben", mutmaßte der Kommissar.

Frau Manske ignorierte den Einwurf. „Ich hab ihn natürlich gefragt, wie es so läuft in Amerika, in welcher Klemme er steckt und ob er zum Mittagessen bleiben will, weil der Flug ja sicher sehr lange gedauert habe. Da hat er mir erzählt, er habe seinen Job verloren. In Amerika sei es zwar schön, aber durch die ganze Weihnachtsbeleuchtung und die Musik habe er Heimweh bekommen – ‚Jingle Bells' und ‚Stille Nacht' überall. Da sei er dann gestern Abend 20 Uhr ins Flugzeug gestiegen und direkt nach Berlin geflogen. Aber zum Mittagessen wollte er trotzdem nicht bleiben."

„Und dann?"

„Er war etwas sauer, weil ich nicht so viel Bargeld im Haus hatte, bloß 15 Euro. Die hab ich ihm gegeben. Aber er kommt wieder. Dann können Sie ihn schnappen."

„Wann?"

„Morgen Mittag zwölf Uhr. Ich hab ihm erzählt, ich würde bis dahin das Geld besorgen und extra für ihn eine ‚Bescherung' machen."

„Sehr gut, Frau Manske! Aber woher haben Sie gewusst, dass Ihr Besucher nicht Robert war?"

Frau Manske strahlte übers ganze Gesicht. Sie war stolz darauf, dass sie im Kopf noch so fit war. Was erklärte sie dann dem Kommissar?

Lösung

Als der „Enkel“ am 22. Dezember um 20 Uhr auf kalifornischem Boden ins Flugzeug stieg, war es in Deutschland schon fünf Uhr morgens am 23. Dezember. Bei einer Flugdauer von etwa zwölf Stunden hätte er niemals um elf Uhr an Frau Manskes Tür klingeln können.

Dieser Rätselkrimi wurde entnommen aus:
Die kleine Adventsbibliothek, Teil 23

ISBN 978-3-7462-5940-6

Text: Stefanie Heckl

Bilder: Fond: © HorenkO/Shutterstock, U2, S.1, 7: © Romanova Ekaterina/Shutterstock (Schmuckelemente), S.1: © Stasys Eidiejus/Fotolia (Initial), S.8: © Victoria Sergeeva/Shutterstock

Besuchen Sie uns im Internet:

www.st-benno.de

Umschlaggestaltung:
Rungwerth Design, Düsseldorf

Umschlagmotiv:
© DrObjektiff/Shutterstock

Layout und Gesamtherstellung:
Arnold & Domnick, Leipzig (A)

Ein Enkel aus Amerika,
eine schwerhörige
Rentnerin und ein Köder.

24

Entsorgung einer Tanne

benno

Sage keiner der Polizei nach, sie verhöre die schweren Jungs viel zu spät nach der Tat! Dass es auf eine rasche Ermittlung ankommt, wusste Gustav Merks, und im Fall des Einbruchs in der Villenvorstadt führte allein der sofortige Zugriff zum Erfolg. Der baumlange Typ, der sich vor

Merks in einen Sessel fläzte, war vor einer halben Stunde gefasst worden. „Raus mit der Sprache, Jörn!“, herrschte der kugelbäuchige Kommissar den mehrfach Vorbestraften an.

„Erklär mir, warum du auf den Balkon von Professor Torro gestiegen bist! Kaum aus dem Knast, gehst du wieder auf Tour.“ Der kräftige Glatzkopf im orangenen Overall grinste.

„Machen Sie sich mal nich lächerlich. Da geht einer wie ich seinem neuen Job als Straßenreiniger nach, fegt ordentlich den Dreck der Reichen weg und wird von der Arbeit weg plötzlich weggefangen. Ich sah die Christrute auf Torros Balkon und dachte, weil die Familie ja bis in den Februar auf Forschungstrip nach Brasilien geflogen is: Da hilfste doch glatt und schaffst das Bäumchen zum Sammelplatz. Und genau in dem Moment, wie ich mit dem Nadelbusch rausklettere, fährt eure blaue Minna vor. Hilfsbereitschaft wird ähmd bestraft."

Merks schmunzelte. „Die Balkontür war zwar verschlossen, aber du hast sie mit deinem berühmten Häkchen geöffnet und bist drin gewesen. Zwar fanden wir bei dir noch nichts, was zum Besitz des verreisten Ehepaars gehört. Irgendwas hast du aber sicher mitgehen lassen. Der Professor wird es bei seiner Rückkehr feststellen, aber dann hast du die Sore sicher bereits verklickert. Ist es einer der kostbaren Diamanten, die auf seinem Regal stehen? Den Prof. können

wir jetzt im Regenwald schlecht erreichen. Aber dir können wir eine kleine Magenspülung verordnen und ein bisschen U-Haft." – „Peinlich!", protestierte der Festgenommene. „Das kostet unserer Gesellschaft doch alles Geld, das ihr Bullen sinnlos zum Fenster rausschmeißt."
Der Kommissar drückte auf einen Knopf. Ein Wachhabender erschien, der den Glatzkopf am Arm ergriff.

„Ich habe einen Beweis, Jörn", sagte Merks, „dass du die Wohnung betreten hast, mit ausgezogenen Schuhen sicher. Aber am Kühlschrank, mein Freund, hast du dir einen Schluck aus der großen Tequilaflasche genehmigt. Nicht das sauber abgewischte Glas, sondern die Schale mit den Eiswürfeln hat dich verraten …“ Wie überführte die Eisschale den Einbrecher?

Lösung

Aus der Schale waren einige Würfel herausgenommen und die leeren Fächer wieder mit Wasser gefüllt. Jörn ahnte nicht, dass er sofort nach der Tat gefasst werden würde.

Dieser Rätselkrimi wurde entnommen aus:
Die kleine Adventsbibliothek, Teil 24

ISBN 978-3-7462-5940-6

Text: Steffen Mohr

Bilder: Fond: © HorenkO/Shutterstock, U2, S.1, 7: © Romanova Ekaterina/Shutterstock (Schmuckelemente), S.1: © Stasys Eidiejus/Fotolia (Initial), S.8: © Victoria Sergeeva/Shutterstock

Besuchen Sie uns im Internet:

www.st-benno.de

Umschlaggestaltung:
Rungwerth Design, Düsseldorf

Umschlagmotiv:
© DrObjektiff/Shutterstock

Layout und Gesamtherstellung:
Arnold & Domnick, Leipzig (A)

Eine verlassene Villa,
ein hilfsbereiter Mitbürger
und eine Flasche Tequila.